DISCOURS

SUR L'UTILITE'

DES PASSIONS.

DISCOURS

SUR L'UTILITÉ

DES PASSIONS,

PAR RAPPORT A LA SANTÉ,

Avec un Eloge Hiftorique de M.
PETIT, & l'Art de conferver fa
fanté, réduit à un feul principe.
Ouvrages lûs à l'Académie de
Dijon.

*PAR M. HOIN, Penfionnaire, dans la
Claffe de la Médecine à l'Académie des
Sciences & des Belles-Lettres de Dijon.*

A DIJON,

ET fe vend chez R. DAVIDTS, Quai
des Auguftins.

M. DCC. LII.

AVERTISSEMENT.

FAIRE tomber un jeune Auteur, qui chancele en faisant ses premiers pas dans la République des Lettres, c'est une petite malice qui fait rire; l'Auteur rougit, & ne paroît plus. Le soutenir, c'est l'enhardir : ensuite il marche ferme; il instruit. Les trois petits Ouvrages qui composent ce Recueil sont mes essais en ce genre. Ou riez; ou je ferai mieux.

J'ai lû L'ELOGE DE M. PETIT, à l'Académie de Dijon, le jour qu'elle m'honnora d'une place de Pensionnaire en Février 1748 : le publier, c'est rendre un nouvel hommage à la mémoire d'un Médecin estimé dans ma Patrie lorsqu'il vivoit, regretté quand elle l'a perdu , & toujours préfent à fon fouvenir.

La Théorie des fentimens agréables , par M. de Poüilly , imprimée en 1748 , a donné lieu à mon petit difcours fur l'Art de conferver fa fanté , reduit à un feul principe , que je lûs le 25 Août de la même année , à la fcéance publique de l'Académie de Dijon.

Ce fût après la lecture de cet Ouvrage que je formai le deffein de faire voir , en fuivant le même principe , L'UTILITÉ DES PASSIONS par rapport à la fanté. D'autres occupations & d'autres ouvrages m'ont empéché d'exécuter ce que j'avois projetté jufqu'au milieu de cette année , que la même Académie me fournit l'occafion de le faire , en me nommant pour lire à fa Scéance publique du 22 Août 1751.

Tandis que je travaillois à cet

Ecrit, je vis avec plaisir dans le Mercure de France de Juillet dernier (175$), que M. Marschall avoit lû le 27 Mai, un Discours sur l'utilité des Passions, à l'Académie de Berlin. J'ignore si cet Ouvrage est imprimé, j'ignore même si son Auteur a examiné les Passions dans le sens Moral ou dans le sens Physique.

La conformité principale du sujet m'enhardit à rendre public mon discours. Si cependant mon opinion trouvoit des contradicteurs qui voulussent prendre la peine de la détruire, je les prie de faire annoncer leurs Critiques dans les Journaux, ou de m'indiquer par un avis particulier l'Ouvrage où ils les auroient placées ; sans quoi je risquerois de ne les pas connoître, & de ne pouvoir répondre à l'honneur qu'ils m'auroient

iv AVERTISSEMENT.

fait en travaillant à rectifier mes idées, ou d'être même dans l'impossibilité de les justifier.

ELOGE

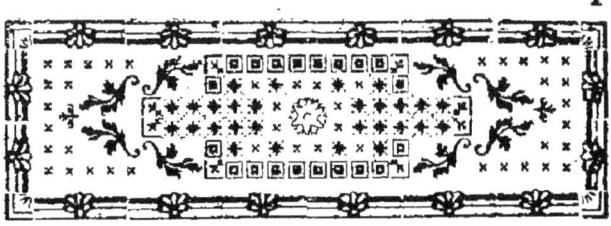

ELOGE

HISTORIQUE

DE

M. PETIT.

Messieurs,

Dans un jour glorieux pour
moi par l'honneur que vous me
faites en me recevant parmi
vous; dans un inftant où, pour

A

faire place à la légitime reconnoiffance, l'amour propre flatté
de votre choix , doit éloigner
cette fatisfaction intérieure qui
fuit ordinairement l'opinion
avantageufe que des fçavans,
que des perfonnes de goût ont
de nos talens, me fera-t'il permis de fubftituer à l'une & à
l'autre la trifteffe & le regret?
Le ciprès eft-il donc fait pour
les jours où l'on cueille les lau-
riers? Oui, Meffieurs, mon Pré-
déceffeur n'eft plus : c'eft fa
chûte qui m'éleve, j'occupe fa
place, je regrette celui qui la
rempliffoit. Vous partagez ma
douleur; c'eft affez pour que fa
mémoire vive à jamais parmi

nous. Ce droit de l'humanité eſt pour le ſentiment un devoir que le cœur pénetré ſe ſoumet à remplir.

LOUIS PETIT naquit à Dijon le 22 Septembre 1690 de Jean Petit , Marchand Apoticaire , homme conſidéré dans ſon état & allié à pluſieurs perſonnes de diſtinction. Il paſſa ſes premieres années à étudier les humanités ; & après avoir dans un âge aſſez tendre terminé fructueuſement ſa carriere ſcholaſtique , il commença chez ſon pere un nouvel exercice. Il apprit à connoître les Drogues , à les diſtinguer , à les anatomiſer , à les préparer ; il ſe plaiſoit à les développer, à féparer leurs principes : il vouloit tout voir par lui-même, il vérifioit les opérations des Chymiftes ; & c'eft ainfi qu'il fçavoit occuper utilement un loifir que la jeuneffe impétueufe ne connoit fouvent que pour le remplir par les plaifirs & par les jeux.

Tantôt il erroit fur nos montagnes : fon œil avide y cherchoit des richeffes qu'il gémiffoit de voir fouvent foulées aux pieds. Des Plantes étoient les tréfors dont il dépouilloit la terre ; il en examinoit la forme, il en diftinguoit les genres, il en comparoit les efpeces, & le fardeau dont il revenoit chargé, étoit le trophée qu'il élevoit à la Botanique.

Tantôt il se frayoit des chemins dans les bois les plus épais: une nouvelle plante, qu'il n'avoit encore vûe qu'en peinture, cueillie avec soin , le dédommageoit de la fatigue qu'il avoit eue d'écarter tant de branches d'arbres pour la trouver.

Tantôt dans de vastes prairies il suffisoit à peine aux objets qui se présentoient à sa curiosité. Combien l'œil d'un Botaniste ne trouve-t'il pas à se satisfaire dans ces endroits ! Près de lui sont des merveilles qu'il admire ; par la perspective il jouit d'avance du plaisir d'admirer bientôt celles dont il eſt éloigné. Le jeune Petit, ſçavant vagabond, couroit ſans relâche de côté & d'autre dans la campagne après ces beautés naturelles, qu'il préféroit à ces belles impoſtures que ſon âge ſe plaît trop fréquemment à cultiver dans les Villes.

Ce n'étoit pas aſſez pour lui d'avoir vû des Plantes. Trop attaché pour les abandonner ſitôt, il les analiſoit chez ſon pere; le fourneau, l'alembic lui en dévoiloient la nature; le mélange lui en déſignoit les propriétés.

M. Petit paſſa trois années dans ces pénibles recherches.

La connoiſſance des remédes fut pour lui le germe d'un état : inſtruit de leurs vertus, il deſira d'apprendre à les appliquer. Son pere applaudit à ſon inclination ; & la proximité des lieux le détermina à l'envoyer en 1711 étudier les élémens de la Médecine à l'Univerſité de Beſançon. Il y reçut le bonnet de Docteur le 11 Janvier 1714. Il partit la même année pour Montpellier, où il ſuivit quelque tems les fameux Praticiens, qui faiſoient alors la gloire & l'ornement de cette célebre Ecole. Ce fut-là que l'illuſtre M. Magnol, charmé de voir en M. Petit un amateur de la Botanique, prit avec plaifir le foin d'augmenter fes connoiffances en cette partie de la Médecine, & convint avec lui d'établir une fçavante correfpondance, que la mort feule a pû faire ceffer.

En 1715 le jeune Docteur fe rendit à Paris. Quel agrément pour un Botanifte de trouver en ce lieu des colonies entieres de Plantes exotiques, qu'une culture induftrieufe naturalife dans un terroir étonné de les faire croître ! Que de connoiffances, que de nouveautés pour M. Petit ! Falloit-il lui enlever en 1717 le plaifir d'obferver tant de merveilles ! Mais fon pere le demandoit pour fa patrie. Neuf années d'étude l'avoient mis en état d'être utile à ſes Concitoyens; & le Collége de MM. les Médecins de Dijon reconnut en l'aggrégeant qu'il s'étoit rendu digne de cet honneur.

Quelque attachement qu'eut le jeune Médecin pour ſa patrie, le ſouvenir des tréſors que Paris lui avoit offerts, l'excitoit à les aller revoir. Il fut queſtion de le fixer : une épouſe y réuſſit en 1718. mais qu'il eſt difficile de vaincre les impulſions de la paſſion dominante ! M. Petit oublia les premieres années de ſon mariage qu'il étoit Médecin, pour ne reconnoître chez lui que le Botaniſte. Cette aſſiduité, ſi né-

ceffaire auprès des malades, qui
fe chargent les premiers du foin
de la réputation d'un jeune Praticien, étoit un ufage auquel il
négligeoit de s'affujettir. Son
goût l'entraînoit dans les prairies & fur les montagnes : un lit
ne lui préfentoit que des maladies ; laCampagne lui offroit des
Plantes ; la Botanique l'empor-
toit fur l'Art de guérir.

Cependant M. Petit fuccom-
ba fous le poids de fes fatigues,
le Botanifte n'eft jamais oifif.
Des infirmités prématurées l'ar-
racherent à fes vrais plaifirs.
Alors il fouhaita la confiance ;
& le Public fe fouvint qu'il lui
avoit préféré des Plantes. Les

progrès de fa réputation furent
donc tardifs ; mais ceux de fon
zele ne l'ont pas été. Il regarda
d'un œil de pitié les pauvres qui
gémiffoient faute de fecours :
fa piété qu'il faifoit éclater partout , la bonté de fon cœur le
conduifoient à leur lit ; il leur
prodiguoit fes foins ; il les gué-
riffoit. Plufieurs Communautés
Religieufes , ou témoins de fes
travaux , ou inftruites de fes
fuccès, lui confierent leur fanté , & s'applaudirent de leur
choix. A leur exemple une partie du Public reconnut que M.
Petit, Médecin Botanifte , trouvoit dans la parfaite connoiffance des Plantes , des remédes

dont la fimplicité approche de celle que la Nature fe fait gloire de montrer dans prefque toutes fes opérations ; que M. Petit, Médecin Chymifte, arrachoit des corps, ces remédes vifs, pénétrans, impétueux, qui raniment la nature lorfqu'elle eft affoiblie, qui la domptent, qui la fubjuguent lorfqu'elle eft révoltée. C'en fut affez pour lui faire choifir celui qui avoit fait fa principale étude de ces reffources heureufes.

Dans les premiers tems de la pratique de M. Petit, une Dame de Beaune, déja d'un certain âge, affligée d'une maladie chronique, vint à Dijon chercher la fanté ; notre jeune Praticien la lui fit trouver après quelques mois. Engagée par fa reconnoiffance à faire à fon Médecin l'offre d'un don qui pouvoit l'attacher à elle, & le faire veiller de plus près à la confervation des jours qu'il avoit déja prolongés, elle lui propofa de s'aller établir à Beaune, fe chargeant de le loger avec fa famille, qui commençoit à devenir nombreufe, dans une maifon qui lui appartenoit, & dont elle lui cedoit la propriété, s'y refervant pour le refte de fes jours la jouiffance d'un petit appartement. M. Petit refufa de fe rendre aux folicitations de cette

*

Dame : il la perdit de vûe pendant fix années, après lefquelles fa mort fit voir le jour à un Teftament, par lequel elle lui faifoit un legs honnête. Qu'admirerons nous le plus ici de la reconnoiffance de cette malade, ou des foins du Médecin qui la méritoient.

Avec quelle charité, avec quelle ardeur conftante, M. Petit n'a-t'il pas foulagé par fes confeils la multitude de pauvres que l'Hôpital lui avoit confiés depuis 1737. Son devoir l'y conduifoit, mais l'humanité l'y attachoit : eft-il un lien dont la douceur foit plus fenfible ?

Ce fut en 1741 que cette

Académie le jugea digne d'occuper une place vacante dans
la claffe de la Médecine. En
rendant juftice au mérite de M.
Petit , elle eut l'agrément de
recevoir dans fon fein un parent
de fon illuftre Fondateur. Avec
quelle fatisfaction l'Académie
ne montra-t'elle pas dans ce
choix fa reconnoiffance envers
M. Pouffier , & fon eftime pour
M. Petit. Les differtations qu'il
lût fur la maniere d'anatomifer
les Plantes & fur le Tabac, fi-
rent. defirer qu'il donnât fouvent de nouvelles recherches
fur les végétaux. Cependant fes
occupations & fes infirmités ne
lui permirent pas de partager

dans la fuite les travaux de cette Compagnie: néanmoins con-
tent de trouver en M. Petit un
judicieux Approbateur, chaque
Académicien le voyoit avec
plaifir à fes côtés, & étoit flaté
de fon fuffrage.

L'année fuivante le Collége
de MM. les Médecins le reconnut pour Doyen , & continua
d'applaudir à fon amour pour la
paix, à cette égalité d'ame qui
le rendoit propre à concilier
l'intérêt du Collége avec celui
de chaque particulier, à cette
douceur naturelle, qui lui faifoit appaifer dès leur naiffance
ces conteftations inféparables
d'une Compagnie. Aimé de fes
Collégues ,

Collégues, les chériffant tous,
M. Petit a eu le plaifir de ne fe
jamais trouver dans le cas de fe
juftifier auprès d'eux. Qu'on eft
heureux, qu'on mérite de l'être,
quand on peut compter un ami
dans chaque membre d'une
Compagnie !

Le Gouvernement reconnut
en 1745 que M. Petit étoit digne qu'on lui confiât le partage
des affaires publiques, & la
ville le compta parmi fes Ma-
giftrats pendant deux années
qu'il fçut employer au fervice
& à l'utilité de fa patrie. A peine, fe trouva-t'il foulagé du
poids de la Magiftrature, qu'il
redonna tous fes inftansà la pra-

B

tique de la Médecine. C'est dans cet exercice, c'est en travaillant pour les pauvres , c'est dans l'Hôpital même qu'il ressentit la premiere attaque d'une fiévre qui le conduisit au tombeau le surlendemain, ⬛ 2 2 Novembre 1747. âgé de 57 ans & deux mois, regretté d'une nombreuse famille , de ses Amis , des Pauvres & du Public.

Après avoir payé un tribut légitime à la mémoire de mon Prédécesseur en cette Académie , je ne vois plus que sa place que votre bienveillance me fait remplir aujourd'hui. La reconnoissance succéde en ce moment au regret. C'est une dette

qui plaît à mon cœur, mais que
l'efprit ne fe flatte pas d'ac-
quitter. Je fçais, MESSIEURS,
que c'eft par les talens qu'un
Académicien doit témoigner fa
reconnoiffance. Il ne lui fuffit
pas d'occuper une place, fon devoir eft de la remplir digne-
ment. Une étude conftante doit
faire éclore en fon efprit ces réflexions heureufes qui appor-
tent un plus grand jour dans les
fciences ; une fcrupuleufe ob-
fervation doit l'attacher à ces
faits qui fervent de matériaux à
un fyftême général, ou qui dé-
truifent ceux qu'une imagina-
tion échauffée a bâtis dans le
vuide des penfées. Faire des re-

cherches avec une ardeur infatiguable, annoncer ſes découvertes avec une ſçavante modeſtie, réfuter avec prudence & modération les objections que le zele Académique & l'amour de la vérité font faire à ſon Ouvrage, examiner celui des autres ſans franchir les bornes d'une ſage & douce critique. Voilà une partie des devoirs d'un Académicien. Vous me les avez appris, MESSIEURS, depuis pluſieurs années que j'ai l'honneur d'aſſiſter à vos Conférences en qualité d'Aſſocié. Vous prendre pour modeles, n'eſt-ce pas trop hazarder? Non. C'eſt vous connoître que tra-

vailler à vous imiter. Aujour-
d'hui nommé pour partager vos
travaux , c'est en tremblant que
j'essaye de le faire. Serai-je assez
heureux pour que le Mémoire
que je vais avoir l'honneur de
lire , justifie votre choix.

(*L'Auteur lût ensuite un Mémoire
sur une maladie des femmes.*)
   Lû en Février 1748.

L'ART de conserver sa santé, réduit à un seul Principe.

IL est constant que la plûpart des Maladies dont les hommes sont attaqués, ne dépendent que du mauvais usage qu'ils font des choses qui leur sont fournies pour leur conservation. Celles dont ils abusent le plus, sont l'Air, le Mouvement, le Repos, les Alimens & les Passions de l'Ame.

La Nature bienfaisante, en nous accordant ces choses né cessaires à l'entretien de l'œco nomie animale, nous a laiffé la liberté du choix & des Principes fûrs pour choifir celles qui nous conviennent.

Comme dans le moral la raifon nous décide pour le vrai, l'inftinct dans le phyfique nous détermine vers les chofes qui nous font utiles. Les fens font faits pour préfenter à l'homme les objets extérieurs, & le fentiment pour les connoître. La variété des impreffions de ces objets fur les organes des fens différencie nos fentimens. Ces impreffions confiftent dans un mouvement de nos organes, déterminé par la préfence des objets. Le mouvement organique

peut exciter dans l'ame le fentiment de plaifir ou celui de
douleur. Ce dernier annonce
que le mouvement forcé de l'organe tend à le détruire; l'inftinct
nous éloigne auffi-tôt des objets
qui le produifent , heureux
quand l'impreffion qu'ils ont de-
ja faite, n'eft pas durable !

Le fentiment de plaifir au
contraire avertit que l'organe
a reçu un mouvement convenable à fon bien être, & que l'objet qui le lui a imprimé, eft de
la nature de ceux qui font propres à notre confervation.

Ne confondons pas ici toutes
les efpeces de plaifirs. Les vices
du cœur ont fait attacher ce

nom à des fentimens qui jettent l'ame dans un état d'yvreffe, fuite d'un mouvement impétueux dans l'organe dont le jeu n'eft ralenti que pour avoir été trop vif. Les objets extérieurs mobiles de ces fentimens, font-ils convenables à l'homme? Demandez-le à ceux qui en font affectés. Que dis-je! font-ils en état de répondre. Leur accablement prouve que chez eux l'homme eft enlevé à lui-même. un moment, je lesvois fortir de leur léthargie. C'eft le fentiment douloureux qui les éveille. Le faux plaifir eft démafqué.

Le vrai plaifir a des caracteres diftinctifs: c'eft une affection

de l'ame, excitée par des objets
qui font fur nos organes des impreffions douces , modérées,
toujours fuivies d'une tranquille volupté. C'eft le fentiment
agréable. Il émeut l'ame fans la
fatiguer;il la flate fans l'éblouir;
il la fatisfait fans la troubler ;il
ne l'enyvre pas , il la fait jouir.

Il y a un rapport établi chez
nous entre l'ame & les objets
extérieurs : ce rapport étoit néceffaire pour ne nous pas laiffer
furprendre. Plus il eft grand,
plus lés objets excitent le fentiment agréable , toujours attaché à l'exercice modéré , à un
mouvement déterminé de nos
organes. C'eft cette efpece de

mouvement qui est nécessaire
pour la santé. Ne regardez pas
cette proposition comme bâtie
en l'air ; ses preuves sont toutes
prêtes, l'expérience journaliere
se charge de les fournir.

Si l'Air que nous respirons est
à un degré de forte chaleur ; la
matiere ignée dilate celui qui est
renfermé dans nos humeurs,
les humeurs mêmes & les vaisseaux qui les contiennent , à
proportion que l'air ambient est
raréfié; le ressort des fibres, trop
tendu ne joue qu'imparfaitement , & l'ame est affectée d'un
sentiment de mal-aise , pro-
portionné à l'accablement du
corps. Si l'Air est trop froid, nos

vaisseaux resserrés ne laissent plus assez de jeu aux humeurs pour qu'elles circulent librement : elles s'épaississent , le corps s'engourdit. La force vital veut-elle surmonter les obstacles à la circulation , l'ame éprouve un sentiment de douleur cuisante. Ces degrès de l'Air sont-ils ceux qui nous conviennent , ou plutôt n'est-ce pas celui de l'Air tempéré qui est fait pour nous ? Que son impression sur notre corps est douce; que notre ame en est affectée gracieusement , puisque nous le cherchons partout. En est-il un plus sain ? Non, c'est le seul qui excite le sentiment agréable,

L'Exercice eſt néceſſaire à la ſanté. Chaque organe dans l'homme a beſoin d'un Mouve‑ ment déterminé qui ſoit en rap‑ port avec la conſtitution de cet organe' & le ſentiment agréable qui doit toujours l'accompa‑ gner. La varieté des tempéra‑ mens, qui dépend preſque tou‑ jours de la différente fabrique des organes, qu'on obſerve dans tous les hommes , empêche qu'on ne puiſſe aſſigner à cha‑ cun la quantité de Mouvemenet qui lui eſt utile, n'en ſoions pas inquiets. Le deſir annonce le beſoin de l'Exercice , le ſenti‑ ment agréable le regle ; la ſatié‑ té le ſuſpend, ſuivez ces gui‑

des, ils ne vous égareront jamais.

Voyez ces enfans que les paffions ne décident pas encore. Dociles à la voix de la seule Nature, qui veut développer leurs organes, ils font dans un Exercice continuel : les fauts, les petites courfes, les jeux qui ne les affujettiffent pas à refter dans la même place, voilà leurs occupations, remarquez-en l'effet. L'aimable vivacité, qui regne dans leurs geftes & dans leurs yeux, annonce & le fentiment agréable que leur ame éprouve, & la fanté qui accompagne cet enjouement.

La jeuneffe, toujours gra-

cieufement affectée par l'Exercice, prouve par la variété dont
elle affaiffonne les plaifirs que
le Mouvement procure, com-
bien il lui eft utile : le cheval, la
chaffe, la paume font faits pour
elle. Son âge eft celui où les organes doivent acquérir des degrés de force', qui entretien-
dront plus long-tems le jeu de
la machine animale ; n'eft-il pas
naturel que le plaifir foit attaché aux moyens de la conferver ?

L'âge mûr a fon genre d'E-
xercice qui lui convient. C'eft
l'occupation. Rend-t'elle un
homme fédentaire, il eft obli-
gé de' l'interrompre fouvent

pour satisfaire par la promenade, les visites, &c. au besoin
qu'il ressent de se mouvoir :
mais peu d'hommes sont occu-
pés sans exercice ; les affaires
de la plûpart sont pour eux une
cause de mouvement utile, nécessaire à leur santé, toujours
gracieux quand ces affaires ne
sont pas nombreuses.

Dans la vieillesse même le
sentiment agréable accompagne la promenade, seul exercice qui soit à l'usage des ressorts
affoiblis par les années.

Le sentiment agréable n'est
pas fait pour vous, gens oisifs,
appesentis par la molesse & l'indolence : votre machine est ac-
cablée

cablée sous le faix des humeurs;
le ressort de vos solides est em-
barrassé par la viscosité de vos
sucs; vous végétez, encore n'est-
ce qu'imparfaitement , prenez
de l'exercice, vous jouirez. Vous
dissiperez par la transpiration
une partie de ces fluides sura-
bondans , qui gênent le mouvement circulaire ; les forces
vitales prendront le dessus ; l'A-
me ne sera plus livrée à cet ennui qui accompagne presque
toujours l'inaction du corps.

Si l'exercice affine nos sucs
s'il subtilise nos humeurs, il en
fait en même tems sortir beaucoup par les pôres de la peau ;
nos forces seroient bientôt épui-

C

fées fans la fage prévoyance de la Nature, qui nous a donné l'appétit & le goût pour defirer & pour choifir les alimens propres à réparer la perte que l'exercice & la tranfpiration nous ont fait faire.

Chaque Climat fournit à fes Habitans une nourriture convenable ; la Terre femble fe concilier avec les Saifons pour varier fes fruits felon le degré de l'air, afin de conferver à l'homme un état de chaleur modérée du corps & d'égalité dans le bien-être. L'appétit n'a defiré dans les premiers tems que cette efpece d'alimens, le goût étoit fatisfait. Le corps y trouvoit

une nourriture fuffifante, puif-
que la Nature l'avoit préparée.

La fenfualité a eu recours à
l'Art. Les alimens de nos Peres
ne font prefque plus que les ac-
cefloires des nôtres. Ici la nature de l'aliment eft changéé par
la préparation ; là , c'en eft un
étranger que la difficulté de
l'acquérir a rendu plus pré-
cieux ; ailleurs , c'eft un mêlan-
ge inconnu de plufieurs mixtes
étonnés, fi j'ofe le dire, de fe
trouver réunis. Le Convive aujourd'hui ne doit pas les reconnoître : les entrées fon faites
pour piquer fa curiofité, agacer
fon appétit fenfuel , irriter les
fibres de fon eftomac; elles réuf-

C ij

fiſſent, on les devore. Le gibier
vient après elles offrir des ſucs
alcaliſés par la courſe rapide de
l'animal que des Chaſſeurs ont
long-tems pourſuivi ; l'appétit
eſt déja ſatisfait, la ſenſualité
reſte, on ſavoure ce rôti délicieux , on rougiroit de ne pas
ſe mettre dans le cas d'en faire
l'éloge. Pour vous , entremêts
délicats, Salines, pâtés, ſucru-
ries , glaces, fruits métamor-
phoſés en conſerve, je me gar-
derai bien de vous attaquer ;
vous n'êtes-là que pour le plaiſir. Vins pétillans, liqueurs ſpi-
tueuſes, vous égayez la conver-
ſation , l'eſprit vous attendoit
Mais quoi ! la raiſon diſparoit,

l'affoupiſſement eſt général chez
les Convives, ne troublons pas
quelques momens de repos:
l'indigeſtion va bientôt les é-
veiller.

L'abus que l'on fait des alimens, ſoit dans leur choix, ſoit
dans leur quantité, eſt une des
cauſes les plus générales des
maladies: digeſtion viciée, ſucs
alcaliſés, ſucs viſqueux dans
les premieres voies, flatuoſités,
diarrhées, lianterie, diſſenterie,
pléthore dans tous les vaiſſeaux,
cacochymie dans les humeurs,
fiévres ardentes, fiévres putri-
des, fiévres intermittentes, hy-
dropiſies, épaiſſiſſement des ſucs
lymphatiques, acrimonie alca-

line, virus fcrophuleux , goutte : voilà une partie des maux occafionnés fréquemment par l'intempérance. Ouvrez les Livres de Médecine; faites mieux, interrogez les malades , ils ne vous laifferont aucun doute fur les mauvais effets des alimens , qui paffent pour les plus fucculens , d'autant plus dangereux que la fenfualité détermine à en prendre beaucoup plus qu'il n'eft poffible à l'eftomac d'en digérer.

Si ces alimens ont produit dans l'ame un fentiment vif de plaifir qu'elle n'a pas manqué de renouveller fouvent , ne le paye-t'elle pas bien cher peu de tems après par les maladies qui

la font repentir de la complai-
fance qu'elle a eue de fe l'ac-
corder ? Elle eut trouvé le fentiment doux , agréable , & la
fanté du corps dans un aliment
qui eût produit , & qui n'eût pas
tant multiplié des impreffions
moins vives que les précé-
dentes.

La Nature & la quantité des
alimens qui conviennent à chaque homme , ne peuvent pas
plus être déterminées que l'e-
xercice dont nous avons parlé.
La variété du tempérament s'y
oppofe encore , & le tempérament différe par quelqu'endroit
dans tous les hommes. Il feroit
inutile de vouloir établir des

C iv

regles de sobrieté, quand cha-
cun les a chez lui. Qu'un homme laisse à son appétit le soin
de l'inviter à manger, à son
goût, celui de le satisfaire ; qu'il
s'arrête au point où la seule di-
versité des alimens commence
à lui annoncer que la sensualité
veut se mettre de la partie ; la
Nature est contente, le sentiment agréable l'a prouvé.

Il est un état des passions de
l'Ame, que le sentiment agréable accompagne toujours; faites
un pas, l'équilibre est rompu,
le rapport est détruit, la passion
devient une source de maladies

La passion la plus vive dans
la jeunesse, lorsqu'elle se sa-

tisfait , jette l'Ame dans une
espece de ravissement; (a) mais
trop empressée à aiguiser la vivacité de ce sentimens , cette
jeunesse impétueuse ne se con-
sulte que pour chercher , que
pour trouver des objets & des
moïens différens de goûter, d'augmenter , de renouveller & de
multiplier ses plaisirs. Ne déchi-
rons pas le voile qui cache les ac-
cidens, fâcheuses suites du chan-
gement de la quantité des objets
qui ont servi à satisfaire cette
passion. La perte de notre santé

(a) Je n'entends parler ici que de cette
espéce de passion que plusieurs Auteurs mettent dans la classe des apetits sensuels. Dans
le Discours suivant j'ai consideré les passions
sous une autre face , & je m'y suis même attaché à ne les pas présenter sous le même
point de vûe qu'à cet article. On sentira bien
la différence de mon sujet, si l'on compare
ces deux petits Ouvrages.

sera-t'elle donc attachée au char-
me de cette senfation ? J'en ap-
pelle à vous, fages maris toujours
heureux : le même objet eft-il la
fource des mêmes délices ? Eft-ce
un fentiment vif, impétueux,
qui affecte votre Ame ? Non.
C'eft le fentiment voluptueux,
délicat, modéré, c'eft le fenti-
agréable, celui qui établie le di-
recteur de notre fanté. Je recon-
nois fa modération au peu d'em-
preffement que vous avez de
courir fouvent les rifques de per-
dre la vôtre.

Convenons donc que pour conferver fa fanté, on doit confulter
les fentimens excités par les objets extérieurs, & ne s'attacher
qu'à ceux de ces objets qui pro-

duifent les fentimens doux,
agréables & modérés.

(*L'Auteur lût ce petit Ouvrage à la
Séance publique du 25 Août 1748. Il
y joignit un Extrait du Mémoire fur
les Maladies héréditaires , qui avoit
remporté le prix , & un court Examen
des fyftêmes les plus modernes fur la
Génération.*)

DISCOURS *sur l'utilité des Passions par rapport à la Santé.*

L'Homme sans passions n'est point un ouvrage de la Nature : les Stoïciens l'ont en vain cherché : il n'est pas même un ouvrage de l'Art ; inutilement leur raison sévere a tenté de le former. Le Portique, si fameux par les leçons de Zenon, n'a jamais vû cet homme sortir des mains de ce fameux Promethée(*a*).

(*a*) Personne n'est sans passions, dit l'Auteur des Lettres sur les physionomies, Lettre 3. il faut avoir bien mauvaise opinion des

La Nature a femé le germe des Paffions dans le cœur de tous les hommes ; l'âge & les ciconftances l'y développent, & la raifon s'eft chargée de la culture. La morale, inftruite de la naiffance & des avantages des Paffions, fe borne à donner des regles pour les diriger, & ne tente plus d'effort inutile pour les faire évanouir. » On » l'a dit, il y a long-tems, ré- » pete un Moderne Anonyme » (a), vouloir détruire les Paf-

autres, pour croire qu'on leur perfuadera qu'on n'en a point, c'eft donner à penfer qu'on en a de bien mauvaifes que de craindre fi fort de laiffer appercevoir les fiennes : ce caractere-là infpire de la défiance, ce font des gens avec qui il faut être continuellement en garde.
(a) Lettre de N. L. au Ms de Sévigné, Lettre 6.

» sions, ce seroit entreprendre
» de nous anéantir, il ne faut
» que les regler. Elles sont entre
» nos mains ce que sont les poi-
» sons dans la Pharmacie, pré-
» parés par un Chymiste habile,
» ils deviennent des remédes
» bienfaisans ».

Les Passions ont leurs causes
physiques, leurs organes, leurs
effets sur l'œconomie animale;
voilà le point de vûe sous lequel
le Naturaliste les considére, voilà les objets de ses recherches.
Elles sont nées dans le sein de
l'homme même, excitées par
les choses qui sont hors de lui,
peintes dans ses yeux, caracté-
risées par son air, ses mouve-

mens, ses gestes, ses attitudes. A
leurs signes extérieurs nous ne
pouvons méconnoître leur ma-
tériel. La Peinture, la Sculpture,
le Théâtre concourent à les re-
présenter, à les exprimer. Le
pinceau, le cizeau, le jeu théa-
tral peuvent-ils offrir à nos yeux
un être purement métaphisique?
Les signes extérieurs des Paffions ne sont pas équivoques,
ils sont les mêmes dans tous les
hommes : l'amour a les siens,
qn'on ne confond pas avec ceux
de la haine ; les marques distin-
ctives de la joie ne sont pas pri-
ses pour les signes de la tristesse;
& chaque degré de Passions a
ses nuances qui le caractérisent,

puifqu'il eft aifé de diftinguer
la colere de la fureur, le mé-
pris de l'indignation.

Les Paffions elles-mêmes ne
différent que par des nuances
des goûts & des fentimens.
Ceux-ci ne perdent ce nom que
lorfque des mouvemens plus
vifs de l'Ame affectée fuccédent
aux émotions douces & paifi-
bles, que l'impreffion des objets
fenfibles avoient excitées. » La
» Paffion porte avec elle le prin-
» cipe de fon activité (dit M. de
» Marmontel (*a*)). C'eft ce qui
» la diftingue du fentiment qui
» ne devient actif que lorfqu'il

(*a*) Réflexions fur la Tragédie, à la fuite
d'Ariftomène. page 112.

eft

» remué par des caufes étrange-
» res. L'amour, l'Ambition, la
» Vengeance font des Paffions ;
» l'Ame qui les éprouve, eft fans
» ceffe agitée. L'Amitié , l'A-
» mour paternel , l'Amour de
» la vertu , l'Amour de la Patrie
» font des fentimens, le calme
» eft leur état naturel ; mais dès
» qu'ils font mis en mouvement,
» on doit les compter au rang
» des Paffions; ils en ont toute la
» violence , & peuvent les vain-
» cre ou leur céder , fuivant
» qu'on les a peints avec plus ou
» moins de force.

Ne craignons pas d'ajouter
que la différence effentielle, qui
eft entre les fentimens & les

D

goûts , se doit tirer naturelle-
ment des objets qui les excitent.
L'Amour de l'étude , l'Amour
des Sciences, l'Amour des beaux
Arts, l'Amour du séjour champê-
tre sont des goûts. Changeons
ces objets : mettons à leur place
la Vertu , la Patrie; nous avons
des sentimens. Que les goûts
agitent l'Ame , ils se convertis-
sent en Passions. La Métroma-
nie , l'Avarice n'étoient que des
goûts , quand l'Amour des Mu-
ses & celui des richesses lais-
soient l'Ame dans un état tranquille. Les Passions, les sentimens & les goûts ne différent
donc que par leurs dégrès &
leurs objets.

L'action de tous trois n'est pas bornée à l'Ame seule : ils agissent en même tems sur le corps; & leurs effets y sont plus ou moins marqués selon la disposition naturelle que chaque individu présente à leur impression, l'idée qu'il attache à leur objet & le degré particulier de leur activité.

Quoiqu'on ne reconnoisse pas dans les goûts & les sentimens ces agitations vives qui caractérisent les Passions, quoiqu'on y considére l'Ame dans un état de tranquillité que les loix de son union avec le corps, font partager à celui-ci ; gardons-nous bien de penser que les Pas-

D ij

fions feules excitent des mouvemens dans le Corps & dans
l'Ame. Tous deux font émûs par
les goûts & les fentimens. Cette
émotion légere produit dans
l'un & dans l'autre une efpece
de calme, qui reffemble affez à
celui qu'un vent doux procure
à la Mer, dont les eaux, quoique tranquilles , ont reçu un
mouvement affez marqué pour
faire voguer le vaiffeau qu'on a
lancé dans leur fein. Les Paffions au contraire font comme
les Aquilons, qui fuccédent aux
Zéphirs: alors les flots s'élevent,
& s'ils fubmergent quelquefois
le vaiffeau , le plus fouvent ils
en précipitent la marche.

Les affections plùs ou moins vives de l'Ame, que nous avons défignées fous les noms de Sentimens, de Goûts, de Paffions (*a*), correfpondent toujours aux degrès d'impreffion, que les objets extérieurs ont fait fur les organes des fens; & les mouvemens que l'Ame ainfi affectée tranfmet au corps, fe-

(*a*) Je me fuis attaché à faire remarquer la diftinction générale qui eft entre les goûts, les fentimens, & les paffions, parce que dans ce difcours je confidére l'utilité des uns & des autres par rapport à la fanté, quoique le titre ne renferme que le mot Paffion, qui eft celui qu'on employe ordinairement en Médecine quand on parle de tous trois, en ajoutant felon les circonftances une épithéte qui défigne à-peu-près la nature & le degré de la paffion. C'eft avec grande raifon que M. de Voltaire s'eft plaint dans un de fes Difcours en Vers(le 5e. Amfterdam 1750. p. 39.) de la difette des mots pour exprimer la nature & les différens degrés des paffions, des fentimens, &c.

lon les loix établies entre ces
deux fubftances, font toujours
à l'uniffon de l'émotion qu'elle
a reçûe. Rapport exact & in-
variable, rapport quelquefois
dangereux, mais le plus fouvent
utile ou néceffaire à la confervation de l'homme.

C'eft par les nerfs que fe fait
cette mutuelle correfpondance.
Ce font eux qui font paffer à
l'Ame les mouvemens qu'ils ont
reçûs des objets fenfibles ; ce
font eux que les affections de
l'Ame ébranlent à leur tour.
Vraie caufe phyfique des Goûts,
des Sentimens, des Paffions:
caufe matérielle, intéreffante
par fes effets fur l'œconomie

animale. & foumife par fa nature aux recherches de la Médecine (*a*).

(*a*) Jamais la Médecine n'a regardé les paffions comme étrangéres à fon fujet ; elle en
a toujours recommandé l'étude ; mais M.
Lallemant fe plaint dans fon Effai fur le
Méchanifme des paffions, imprimé en 1751.
Ouvrage que je n'ai vû qu'après avoir com-
mencé ce Difcours, de ce que les Médecins
tant anciens que modernes, ne font pas entrés
dans des détails un peu circonftanciés fur les
effets des paffions à l'égard de la fanté & de
la maladie. On voit avec plaifir dans l'ingénieux Ouvrage de ce Médecin de la Faculté
de Paris , le détail des caufes des paffions
en général relativement à la difpofition & au
jeu réciproque des organes, les phénomènes
qu'elles produifent dans l'homme, & les effets mécaniques dépendans de ces affections
de l'ame. Mais M. Lallemant s'eft particu-
liérement attaché à confidérer les paffions
dans un état de violence , & leurs effets comme caufes de maladie. Il prouve par le peu
de mots qu'il a dit en quelques endroits fur
leurs avantages par rapport à la fanté, qu'il
en a effectivement reconnu ; mais il eft aifé
de voir que fon deffein principal n'a pas été
d'examiner fous ce point de vûe le méchanifme de ces affections. Si M. Lallemant
avoit traité l'utilité des paffions comme il
a fait leurs inconvéniens, j'aurois été forcé
de fupprimer mon difcours.

D iiij

Un Précepte de l'illuſtre Boer‑
haave dans ſon Hygieine (a) va
me guider, pour conſidérer l'é‑
tat dans lequel les Paſſions
peuvent contribuer à la ſan‑
té. » Animi affectus non ſunt
» omninò ſupprimendi; ſed ne‑
» que excitandi nimis : torpor
» enim oritur, vel circulationis
» perverſio. Spes & deſideria
» corpori ſaluberrima depre‑
» henſa ſunt ». Il ne faut pas
étouffer entierement les Paſ‑
ſions, ni les trop exciter, puiſ‑
que dans le premier cas la cir‑
culation languit, tandis qu'elle
eſt troublée dans l'autre. Le de‑
ſir & l'eſpérance ſont des Paſ‑

(a) Inſtitut. Medic. §. 1048.

fions très-falutaires au corps.
C'eft ce que je vas développer
fans entrer dans le détail d'aucune Paſſion particuliere (*a*).

Ne cherchons pas des cou-
leurs pour peindre un homme
dont l'Ame infenfible ne feroit
émûe par aucun goût, aucun
fentiment, aucune Paſſion. Si
cet homme pouvoit être dans la
nature, M. de Vaucanfon nous
en auroit fans doute montré la
copie dans fon Flûteur Automate. Mais repréfentons-nous
celui qui en approche le plus;
celui fur qui les objets exté-

(*a*) La brieveté qu'exige un Difcours Académique ne m'a pas permis d'examiner les
paſſions fous un autre point de vûe que le
général, & je me fuis borné à commenter
le précepte de Boerhaave.

rieurs font une fi légere impreſ-
fion, que l'émotion de ſon Ame
eſt preſqu'imperceptible ; cet
indifférent que la Société ne
voit qu'avec regret, parce qu'il
n'en goûte pas les plaiſirs ; cet
indolent à charge à la même
Société, parce qu'il n'en partage pas les travaux (a).

Son air, ſes actions, tout annonce l'état de ſon Ame. Les
pas qu'il prend la peine de faire, ſont timides & peu aſſurés :
il ſemble qu'en le conduiſant à

(a) On ne doit pas entendre par *indiffé-*
rent, un homme qui n'ait abſolument aucune paſſion, aucun goût, &c. mais celui
qui eſt ſi peu ſenſible relativement aux autres
hommes, qu'il paroiſſe n'en point avoir. Jamais ce terme ne peut être abſolu par rapport à
l'homme. La langue en a-t-elle un autre pour
exprimer ma penſée ! je ne le connois pas.

la promenade, vous ayez mon-
té une efpece de machine, &
qu'il n'y ait que fes refforts qui
jouent. Cet homme a les yeux
bien ouverts ; il apperçoit les
objets ; cette vûe le frappe-t'elle ? Ecriez-vous fur la beauté
d'une perfpective, fur la riante
irrégularité d'une campagne ;
fes regards s'y fixent : fa rête
s'eft mûe ; mais fa phyfionomie
n'a pas changée. Vous avoue-t'il
que vous lui faites faifir ce
beau, ce riant ; c'eft avec un
fang froid qui vous glace.

Vous appercevez un ancien
Ami ; vous faites l'éloge du fentiment dont les liens vous unif-
fent ; vos réflexions peignent la

douceur & les avantages de l'a-
mitié ; vous parlez le langage
du cœur, il eſt ſéduiſant. Notre
homme eſt-il touché ? ſon Ame
eſt-elle émûe par le deſir de
trouver un Pylade ? N'en exigez
pas tant, ſon eſprit eſt convaincu : c'eſt aſſez qu'il croye aux
amis ; ſa politeſſe au commen-
cement de votre récit l'a empê-
ché de vous demander s'il y en
avoit. Cleon , ce méchant qui
ne connoit plus les Amis, parce qu'il les a tous éloignés, dans
un cercle les nioit hier ; le cœur
de notre indifférent , que la
méchanceté n'a jamais noirci,
ne démentit pas Cléon. Cependant le ſang vous attache à lui,

vous lui avez rendu des servi-
ces essentielles ; ils ont émû son
cœur, si l'espece de plaisir qu'il
a d'être avec vous suffit pour
prouver qu'il est reconnoissant :
mais est il votre ami ? Je crois
seulement que vous êtes le sien.

Quels efforts n'avez-vous pas
fait pour remuer son Ame indifférente ? Il étoit l'unique espérance de sa famille pour en
perpétuer le nom. Convaincu
par votre expérience que l'u-
nion des cœurs est la base de la
félicité conjugale, vous lui avez
présenté vingt objets formés
pour plaire afin de décider son
choix ; il en a connu le mérite,
il n'en a point senti les impres-

sions ; votre amitié a été forcée
de jouer le rôle de son cœur. La
femme que vous lui avez don-
née, n'a point allumé cette Paf-
sion douce & légitime dont il
n'a jamais senti le voluptueux
agrément : elle gémit encore de
voir une naturelle indifférence
qu'elle croyoit être en droit de
faire cesser moins par son mérite que par sa tendresse.

Quelles sont ses occupations?
Dans sa langueur léthargique
il paroit n'avoir que celle de
mesurer par l'ennui la durée du
tems. Insensible à l'ambition ,
disons mieux, à la gloire, à l'é-
mulation , un emploi eût été
pour lui un fardeau trop pe-

sant ; il ne s'est pas mis dans le
cas de le secouer. Sans intérêt
légitime, d'autres sont chargés
de soutenir celui de ses propres
affaires. Un réduit presqu'inac-
céssible aux autres, est dans sa
maison le principal théâtre de
son indolence. C'est-là que non-
chalamment panché sur un sié-
ge commode, il lit sans s'instrui-
re, il rêve sans réfléchir, il s'endort, & ne rêve plus.

Un mouvement purement or-
ganique le conduit-il à la salle
de compagnie, où sa femme
fait si bien ses honneurs ? Il sou-
rit à peine aux saillies les plus
vives, aux plaisanteries les plus
ingénieuses. Sa conversation est

féche ; fent-il en exprimant?
Non ; il parle prefque fans penfer.

Au Spectacle il n'eft pas touché par les larmes de Mélani-
de ; la douceur de Cénie ne l'in-
téreffe pas ; il ne détefte pas Po-
lifonte ; il ne plaint pas Zéno-
bie. Partout il conferve un cœur
Automate.

Au refte il ne cherche à nuire
à perfonne ; comme il eft fans
ambition & fans jaloufie , il eft
auffi fans haine & fans vengeance. Aucun vice ne le deshonore,
aucune Paffion ne le fait rougir :
il n'a que des défauts qui le ri-
diculifent.

O Stoïciens ! S'il en eft encore

re parmi les hommes : vous voyez peut-être dans celui-ci le germe du fage qui fait depuis long-tems l'objet de vos recherches. Voilà le Mercure de vie, le Mercure dépouillé de fa lépre originelle ; vous allez perfectionner le grand œuvre (*a*). Arrêtez. Si cet homme eft fans vices, il eft auffi fans vertus : il n'a point de Paffions dangereufes ; mais il n'en a point de gracieufes & d'utiles. Si votre fageffe confifte à être fans Paffions, elle eft fans mérite. La nôtre eft l'ouvrage de l'Art qui

(*a*) Comme les Stoïciens ne différent des Alchymiftes que par l'objet de leur extravagance, j'ai cru pouvoir, en parlant aux premiers, me fervir de termes propres aux derniers.

E

les réprime & les modere. Sentez-en la différence.

La connoiffance de l'Ame de notre indifférent nous mene par un chemin fùr à celle de fon corps. Le Rapport exact qui eft entre ces deux fubftances réunies dans un même fujet, nous empêche de nous méprendre.

Cet homme a le vifage pâle ; fes yeux ne difent rien ; fon regard eft fouvent fixe ; fa bouche prefque toujours entr'ouverte ; fon parler lent ; fon fourire niais ; il porte fur fa phifionnomie le caractere de l'imbécilité (a) : fes bras font pendans ;

(a) Pour avoir de l'efprit il ne manque quelquefois à un homme que des paffions.

son corps eft lâchement foute-
nu ; fes jambes foibliffent fous
le poids de fa corpulence ; fon
air eft ftupide , fa contenance
fans graces : tous fignes extérieurs qui prouvent le relâchement de fes fibres (*a*) , la molef-
fe de fes nerfs , la petiteffe de
fes vaiffeaux fanguins , la dila-
tation de fes vaiffeaux blancs ,
la plénitude de fes cellules graif-
feufes , la foibleffe de fes muf-
cles , le rallentiffement du mou-

dit M. l'Abbé de Condillac dans fon Effai
fur l'origine des Connoiffances humaines. T.
I. p. 152.

(*a*) Le corps d'un tempérament pitui-
teux étant celui qui eft le plus difpofé à loger une ame indifférente , ce que je dis ici
de fes folides eft prefque tout tiré de ce que
M. Quefnay a écrit fur ce tempérament
dans fon Oecon. Anim. T. 3. chap. 21. pag.
468.

E ij

vement circulaire du fang &
des efprits, le peu de folidité
du cerveau, la pente au fom-
meil, le jeu foible de fes organes, la lenteur & la difficulté
dans l'exercice de fes fonctions.

L'homme dont je viens de
tracer une efquiffe, eft-il en état
de fanté ? Quoiqu'il ne paffe
pas ordinairement pour malade, je répondrai que, felon
Boerhaave, il n'a pas les condi-
tions requifes pour fe bien por-
ter. » Qui actiones homini pro-
» prias (dit-il (a)) exercere valet
» cum facilitate, oblectamento
» & quâdam conftantiâ fanus
» habetur».Ce célébre Médecin

(a) Inftitut. Medic. §. 1.

établit donc pour signe caracté-
ristique de la santé, l'exercice
aisé, *agréable* & constant des
actions propres à l'homme. Il
ne lui suffit pas que ces actions
soient exécutées avec constan-
ce, il veut encore qu'elles le
soient avec facilité, avec agrément, cum facilitate, *oblecta-*
mento. Où trouverons nous ailleurs que dans les Goûts, les
Sentimens & les Passions, ce gracieux demandé par Boerhaave
pour reconnoître la santé ?

Je veux bien qu'on n'apper-
coive pas dans cet homme une
maladie décidée ; mais peut-on
n'y pas voir une indisposition

permanente, une tendence réel-
le à l'état de maladie , une cause
prochaine d'infirmités , à qui
les plus légeres causes éloignées
vont faire bientôt produire son
effet? Nous l'avons déja dit d'a-
près Boerhaave : la circulation
devient languissante par la trop
grande modération des Paf-
sions. » Animi affectus non funt
» omninò fupprimendi. . . . tor-
» por enim circulationis ori-
» tur » (*a*). Si nous joignons au
relentissement du mouvement
circulaire le relâchement des fibres & la foiblesse des organes
de notre indifférent ; de quels

(*a*) Inftitut. Medic. §. 1048.

maux n'eſt-il pas menacé par cet illuſtre Médecin Hollandois.

Delphes autrefois ſi fameuſe par les Oracles d'Apollon, vous tomberiez devant Leyde où Boerhaave en a rendu de bien plus ſurs. Ah ! ſi l'indifférent vouloit être un moment ſenſible, nous l'effrayerions par la prédiction de ſon funeſte avenir. Nous lui mettrions en main les immortels Aphoriſmes du nouveau flambeau de la Médecine (a) les ſçavans commentaires de l'illuſtre Vanſwieten (b) à qui

_____

(a) Aphoriſmi de cognoſcend. & curand. morbis, &c. ab herm. Boerhaave.

(b) Ger. Vanſwieten commentaria in herm. Boerhaave Aphoriſmos.

E iv

l'Impératrice Reine a confié le premier foin de fes jours : ce feroit pour lui les livres du deftin. C'eft là qu'il verroit cette foule de maux qui dépendent de fon état ; c'eft-là qu'il verroit que le relâchement de fes fibres va produire leur inertie fur les fluides, leur trop grande diftenfion par le peu de réfiftance qu'elles oppofent à l'influx des liqueurs, leur rupture, les tumeurs œdemateufes, la putréfaction des humeurs (a) ; l'hémophtifie, la phtyfie incurable, ou la mortelle appopléxie (b). C'eft-là qu'i verroit que la foibleffe de fes organes fera chez lui la caufe

(a) Boerhaave Aphorifm. 26.
(b) Vanswieten comment. in Aph. 26.

prochaine de la diſſolution, de la ſtagnation, de la corruption de ſes humeurs, de l'hydropiſie, de la maigreur extrême (*a*). C'eſt-là qu'il verroit dans le ralentiſſement du mouvement circulaire une ſource dangereuſe de la ſuffocation, de l'inflammation, de la gangrene & de la mort (*b*). Mais éloignons ces triſtes objets, ils ne ſont pas propres à exciter les Paſſions gracieuſes, les ſalutaires émotions de l'Ame.

Indifférent, ſi vous ceſſez de l'être, ſi vous êtes effrayés, ne rejettez pas votre inſenſibilité

(*a*) Boerhaave & Vanſwieten , Aphoriſ
44.
(*b*) Idem. pag. 106.

naturelle fur votre tempérament : n'alléguez pas qu'il eft
impoffible de le changer. Vaine
excufe, opinion erronée. Si votre tempérament inné eft dé-
fectueux ; confultez le Phyfio-
logifte de nos jours ; l'illuftre
Quefnay vous apprendra que
vous pouvez en acquérir un autre (a).

Puifqu'il eft dangereux pour
la fanté d'être auffi peu ému
que vous par les Paffions, les
goûts, les fentimens ; travaillez

(a) Effai phyfique fur l'Economie animale, T. 3. chap. 21.
M. Quefnay ne prétend pas dire que le tempérament inné puiffe être tellement chan-
gé, qu'il n'en refte aucune marque, mais
feulement que le tempérament acquifitif
corrigera ou au moins modérera les défauts
du premier.

à reſſembler à ces hommes dignes de l'être , qui reſſentent leurs douces impreſſions : mais gardez-vous de prendre pour modeles ceux qui ſe laiſſent dominer par les Paſſions irritantes (*a*), telles que la colere & la fureur, principes de la vengeance : par les Paſſions impérieuſes, comme l'orgueil, l'ambition , l'envie , d'où naiſſent les ſentimens de vaine gloire , d'arrogance, de préſomption , de jalouſie : par les Paſſions ſordides , comme l'amour brutal, l'avarice , l'épargne outrée , ſources de la luxure,

(*a*) Dans l'énumération des Paſſions , j'ai ſuivi preſque en tout M. Queſnay. *ibid.* chap. 17.

de la fraude & de l'injufti-
ce : par les Paffions féroces, entre lefquelles la cruauté tient
le premier rang , & par tant
d'autres Paffions deshonoran-
tes , qui vous feroient méprifer
de ceux mêmes qui fe bornent
à vous plaindre aujourd'hui.
Ces goûts dépravés , ces fentimens qui dégradent l'homme ,
ces Paffions qui l'aviliffent, lorfqu'il en eft l'efclave , font toutes pernieufes à la fanté. Vous
fremiriez, fi je décrivois leurs
funeftes effets fur l'œconomie
animale... mais n'offrons pas à
vos yeux le tableau des furies.

Il eft d'autres paffions, d'autres goûts, d'autres fentimens,

vers lesquels je distingue à tra-
vers votre imparfaite indifférence la pente qui vous y conduit. Telles font les Passions af-
fligeantes ; l'A_____ *naxieté*, la Douleur, la Tristesse, qui feront
naître chez vous les inquiétu-
des, les foucis, le chagrin : les
Passions fastidieuses, d'où vous
verrez éclôre la répugnance,
la haine, l'ennui, la mélanco-
lie : les Passions consternantes,
qui vous inspireront des fentimens de timidité, de ___ crainte, de frayeur ; fources de l'ab-
battement & du défespoir. Vous
connoissez déja le defagrément
qui accompagne plusieurs de
ces sentimens ; préfervez votre

foible santé des douloureuses impreffions que vous receveriez des autres. Quelque fâcheux que foit votre état actuel , le péril eft moins preffant pour vo- tre fanté , que fi vous l'expofiez aux effets de ces ennemis du plaifir & de la tranquillité.

Paroiffez enfin fur la fcéne, douces & gracieufes Emotions ; Goûts fins & délicats ; Senti- mens agréables ; Paffions no- bles , tendres , voluptueufes , je vous livre l'indifférent que nous plaignons tous. C'eft vous qui caractérifez les qualités du cœur , les qualités fociales ; c'eft à vous à caractérifer la fanté. Emulation, Courage, Dignité,

Juſtice, Sentimens élevés, Principes des Goûts & des Paſſions
nobles, rendez à l'Etat, à la
Patrie, aux hommes, à lui-même, celui que la molleſſe & l'indolence retiennent dans la ſphé-
re inutile d'une oiſiveté contraire à l'exercice aiſé de ſes fonctions. Et vous, Amitié, Ten-
dreſſe, Attachement, Amour
des ſciences & des Baux Arts;
Goûts, Sentimens & Paſſions
précieuſes à l'humanité; Sour-
ces délicieuſes du Déſir & de
l'Eſpérance, du Plaiſir & de la
Joie, de la Complaiſance & de la
Clemence, de la Sécurité & du
Contentement; doux Charmes
de la vie, Agrémens & Liens

de la societé , forcez ce cœur indifférent à sentir la volupté de vos impreſſions. C'eſt vous qui veillez au bien être de tous les hommes ; c'eſt vons qui êtes le ſceau de la ſanté. Voudroit-on méconnoître le droit que vous avez de la conſerver ; vous dont les avantages que vous procurez à l'œconomie animale, s'étendent quelquefois juſqu'à la rétablir.

L'Ame agréablement émûe par les objets extérieurs, tranſmet aux nerfs les agitations douces qu'elle a rèçues. C'eſt une des loix de ſon union avec le corps ; elle y ſouſcrit d'autant plus volontiers qu'elle chérit

rit fa demeure, qu'elle fe plait à la conferver ; c'eft un des devoirs qu'elle s'attache à remplir avec plus d'attention & de zele.

Quels effets utiles à la fanté ne produifent pas dans le corps humain ces fecouffes gracieufes communiquées aux nerfs par leur principale motrice ! Les nerfs fe diftribuent partout; partout ils tranfportent les utiles influences émanées de l'Ame même, partout les efprits animaux, ces fucs épurés qu'ils contiennent, fervent de véhicule à la vie & à la fanté.

Ce mouvement des nerfs anime celui des organes, le batte-

F

ment du cœur eft plus vif, le jeu du poulmon plus libre, le fyftême vafculaire plus agité, la circulation eft accélérée; le fang eft mieux formé, mieux divifé, mieux attenué, plus également répandu & diftribué dans les parties; les fécrétions des fucs mêlés dans fa maffe, fe font avec plus d'aifance & de liberté dans des vifceres émûs par un nouvel & doux influx des efprits; les fucs nourriciers pénétrent tous les points de leurs membranes: ces organes reçoivent de nouvelles forces: les fonctions naturelles, les vitales, les animales, toutes en font mieux exécutées; les humeurs en font affinées de nouveau ; les excrétions de celles qui peuvent être nuifibles par leur féjour, fe font avec plus d'abondance & de facilité : les paffages de celles qui doivent rentrer dans le torrent des liqueurs par un refoulement néceffaire, deviennent plus libres & plus ouverts; les forces vitales & les forces mufculaires augmentent affez pour permettre à l'homme d'exécuter toutes les actions qui lui font propres, avec facilité, agrément & conftance, *cum facilitate, oblectamento, & quàdam conftantiâ.* C'eft dans cet état de l'homme que Boerhaave a reconnu la fanté : *Hæc*

ejus conditio sanitas solet appella-
ri. (a)

Ne pensez pas que je cher-
cherche à vous faire illusion, en
attribuant aux affections de
l'ame les bons effets dont je
viens de donner une légere
idée. Les sentimens & les paf-
sions ne sont pas plutôt formés,
que leurs signes paroiffent à l'extérieur, quelque attention même que l'Ame prenne à vouloir
tenir cachées les impreffions
qu'elle a reçues. C'eft à ces
marques diftinctives que nous
reconoiffons leur nature, c'eft
à la faveur de ces caracteres
que nous appercevons leurs effets.

(a) Inftitut. Médic. §. 1.

L'extérieur de l'homme é-
mû par les paffions gracieufes
forme un parfait con raffe avec
celui de l'homme indifférent,
dont nous avons tracé l'efquiffe.
Son vifage eft ferein, fes joués
font couvertes d'une rougeur
agréable, la vivacité paroît
dans fes yeux, fon regard eft
brillant, un fourir gracieux dé-
core fa bouche, fa parole eft
animée, fa phyfionomie ouverte ; fes geftes, fes mouvemens font aifés, expreffifs, fes
pas fermes & affurés, fon air eft
libre & dégagé, fa contenance eft
ornée par les graces : tous fignes
extérieurs qui caractérifent autant l'exercice aifé des actions

humaines & la fanté du corps, que le plaifir & le contentement de l'Ame. (*a*)

Les paffions nobles, les paffions gracieufes font celles que la Morale ne veut point détruire, parce qu'elle en connoît tout le prix ; mais qu'elle s'attache à régler, (*b*) à retenir dans les fages limites que la rai-

---

(*a*) Si je ne peins pas ici l'homme paffionné avec autant de détail que quand j'ai donné le portrait de l'indifférent, c'est parce que les différens traits qui font propres à chaque paffion, ne peuvent pas fe trouver dans un feul homme en même tems ; au lieu que l'indifférence étant une, fes fignes & fes effets ne font pas fufceptibles de variété confidérable.

(*b*) ,, L'homme (dit M. Pafcal dans fes Penfées) ,, n'eft ni Ange ni Bête : & le malheur ,, veut que qui veut faire l'Ange, fait la Bête. Sur quoi M. de Voltaire fait la remarque fuivante : ,, Qui veut détruire les Paffions au lieu de les régler, veut faire l'Ange ,, (V. fes Remarques fur les Penfées de Pafcal, N. lj.)

son a marquées, parce qu'elle
sent la nécessité de leur présen-
ce sur la route qui nous mene à
la vertu. Ce sont les mêmes Passions que la Médecine ne veut
point anéantir, parce qu'elle en
apperçoit toute l'utilité par rapport à l'œconomie animale ;
mais qu'elle est attentive à ré-
primer, à modérer, parce que
la douceur & l'agrément atta-
chés à leur modération, est le
sceau de la santé.

Il n'y a que les degrés de modération de ces Passions, de ces
Goûts, de ces sentimens qui
puissent produire des avantages
aussi décidés. Si la violence &
l'excès sont sensibles dans les

mouvemens de l'ame ceux du corps, qui correfponderont néceffairement à leur force, porteront le même caractere : de là les vibrations des nerfs trop précipitées ; le trouble & la trop grande vélocité dans la marche des efprits animaux; le tremouffement, le refferrement irrégulier du genre nerveux ; la contraction mal entendue du fyftême vafculaire ; les fcouffes & quelquefois l'atonie imparfaite des vifceres ; l'accélération ou le ralentiffement des fecrétions ; les excrétious forcées ou fufpendues ; l'augmentation outrée, ou l'affoibliffement dangereux des forces mufculaires ;

la difficulté dans l'exercice de
plufieurs fonctions; l'agitation
trop marquée dans celui des autres; le boulverfement général
dans la circulation. Tous effets
ordinairement momentanés
qui rendroient ces Paffions très-
nuifibles à la fanté, fi l'Ame fe
livroit long-tems à leur violence. » Animi affectus, neque ni-
» mis excitandi ; circulationis
» enim oritur perverfio (a).

Il eft un Principe fûr, inva-
riable, naturel, gravé dans le
cœur de tous les hommes, pour
retenir les Goûts, les Sentimens
& les Paffions aimables d ans le
degré qui convient au bien-être

(a) Boerhaave Inftitut. Medic. §. 1048.

de l'Ame & du Corps. C'est lui
que nous allons faire sensible-
ment reconnoître.

L'Auteur des Etres créés a
placé l'instinct dans tous les Animaux. La raison, faculté plus
noble, accordée par préféren-
ce à l'homme seul, n'exclut pas
en lui cet instinct commun à
tous les corps animés. C'est à la
raison que l'empire de l'Ame
seule est particulierement dévo-
lu; c'est elle qui l'éclaire, la gou-
verne & la conduit dans la route du bonheur, tracée par la
vérité (a); c'est elle qui régit le
moral des Goûts, des Senti-

_____

(a) J'entens désigner par ce mot *vérité*,
l'Etre des êtres.

mens, des Paſſions. C'eſt à l'inſtinct que l'Ame eſt ſoumiſe, en
tant qu'elle eſt unie au Corps;
c'eſt par lui qu'elle s'attache à
ce Corps qu'elle habite; qu'elle
ſe plaît dans les liens qui l'y retiennent (a), qu'elle eſt ſenſible
à ſes mouvemens; qu'elle choi-
ſit entre tous ceux dont les organes ſont ſuſceptibles par la
préſence des objets extérieurs,
ceux là même qui coopérent
avec elle à la conſervation du
Corps qu'elle anime; c'eſt l'inſtinct qui fait & cimente le

(b) On ne peut méconnoître ces propriétés de l'inſtinct, quand on conſidére le com-
bat qu'il livre quelquefois à la raiſon, lorſqu'elle nous fait déſirer la mort; ou quand
la folie joue quelquefois le rôle de la raiſon
en excitant le même déſir.

nœud, pour ainſi dire, de l'u-
nion de l'Ame & du Corps; c'eſt
à lui que le phiſique de l'homme
eſt ſubordonné (*a*); c'eſt lui que
nous reconnoiſſons pour le principe certain du choix que nous
faiſons des choſes non naturelles, propres à entretenir le bon
ordre dans l'œconomie animale.

Une Loi invariabl e ,éta
blie par le Légiſlateur ſu-
prême , dirige l'inſtinct dans le
juſte diſcernement de ces choſes. Le ſentiment agréable, tou-

(*a*) La raiſon à force de réflexion & de
prévoyance s'oppoſe quelquefois aux utiles
inclinations de l'inſtinct, & le corps ne s'en
trouve pas mieux. Je ne parle que des cas où
la Morale ne s'oppoſe pas elle-même à la
pente naturelle. Dans les autres la raiſon a
toujours droit.

jours excité par celles qui ont la propriété de favoriser la conservation du Corps, lui fait distinguer leur convenance. Le sentiment douloureux, produit par l'action de celles qui sont nuisibles au Corps, l'avertit qu'elles ont le pouvoir d'avancer l'instant de sa destruction. C'est cette Loi sage & nécessaire qui montre dans le sentiment agréable le principe sûr & naturel, la regle fixe pour retenir les Goûts, les Sentimens, les Passions dans le degré qui convient au bien être de l'Ame & du Corps réunis.

O délicieux Sentiment, vrai Plaisir, Volupté pure! Vous,

que M. de Pouilly a peints avec
tant d'élégance , lorsqu'il a dé-
veloppé votre Théorie (*a*); vous,
qu'il a reconnu formé pour être
aux yeux de la Raison le figne
du bonheur attaché à la vertu ;
vous , qu'après avoir confulté la
Nature & fon Cœur , il a montré portant le noble caractere
de la fageffe ; vous qu'en adop-
tant les Principes de ce tendre
& vertueux Ecrivain , j'ai fait
voir autrefois dans cette illuftre
Affemblée , chargé de concert
avec l'inftinct, de l'emploi moins
noble , mais toujours utile de la
confervation de notre fanté (*b*).

(*a*) M. Lévêque de Pouilly , Lieutenant
des Habitans de la Ville de Rheims , Auteur de la Théorie des fentimens agréables.
Paris. David. 1748. *in* 8°.

(*b*) V. ci-deffus l'Art de conferver fa fanté , &c. p. 10.

Doux & gracieux Sentimens,
qui me vivifiez & m'animez, sé-
duisez tous les cœurs par le char-
me de vos impreſſions; paroiſ-
ſez encore aujourd'hui, mais
ſeulement comme la regle juſte
qui marque l'état dans lequel
les Paſſions, les Sentimens &
les Goûts doivent être retenus
pour concourir au bien être de
l'œconomie animale.

Lorſque le ſentiment agréable, dont nous avons dit il y a
quelque tems (*a*) que la Nature
& le Génie conſiſtoient à émou-
voir l'Ame ſans la fatiguer, à
la flater ſans l'éblouir, à la ſa-
tisfaire ſans la troubler, à la

(*a*) Ibid. p. 12.

faire jouir fans l'enyvrer ; lorfque ce plaifir doux , cette volupté tranquille accompagne
quelques affections de l'Ame ,
nous pouvons reconnoître qu'-
elles font au point fixe , dont
dépendent leurs bons effets fur
le corps, & qui caractérife leur
utilité par rapport à la fanté ;
& fi Boerhaave a reconnu que
le defir & l'efpérance étoient
des Paffions très - falutaires ,
» fpes & defideria corpori fa-
» luberrima deprefenfa funt(*a*)$
c'eft parce qu'elles excitent toujours daus l'Ame ce plaifir pur ,
ce fentiment agréable. Son fça-
vant Commentateur , le céle-

(*a*) Inftitut. Medic. §. 1048.

bre

bre Haller, prend foin de nous
en inftruire, en difant que l'attente d'un bien defiré, avec une
efpérance certaine de l'obtenir,
eft la plus gracieufe des affections de l'Ame, fans en excep-
ter la poffeffion même (a).

En effet le plaifir dont jouit
l'Ame, en defirant avec efpérance, eft le produit de quatre
émotions gracieufes qui l'affec-
tent en même tems.

La premiere eft excitée par
l'amour de l'objet : l'Ame eft
agréablement agitée, quand
elle s'attache à une chofe qu'el-

(a) Expectatio boni defiderati, cum fpe
certiffimâ, eft dulciffimus omnium affectuum,
& ipsâ poffeffione amabilior. Prælect. in
Inftitut. rei Medic. Alb. Haller. T. 7. in 8.
§. 1048. p. 342.

G

le croit être un bien, & quand elle contemple les avantages qu'elle lui doit procurer. L'amour de la vérité, de la vertu, de la Patrie, des sciences & des beaux arts, l'amitié, la tendresse, ces Passions nobles, ces sentimiens nécessaires, ces goûts utiles sont inséparables du plaisir; c'est par eux qu'il existe; c'est l'émotion de l'Ame affectée par ces choses, qui le constitue.

Le désir de l'objet aimé est la seconde cause du plaisir. L'élancement de l'Ame vers cet objet, donne une nouvelle force à son amour pour lui. Dans cette Passion elle apperçoit non feulement l'utilité de la chofe même, mais encore elle fouhaite jouir des avantages qu'elle croit devoir réfulter de fa poffeffion.

Il eft des defirs nuifibles, qui portent l'Ame vers des chofes qu'il n'eft pas en fon pouvoir d'obtenir : elle ne voit d'abord qu'une difficulté à la jouiffance qui l'irrite ; de-là les troubles & les foucis ; elle en craint enfuite l'impoffibilité, ce qui l'inquiete & l'attrifte : le tems la lui fait connoître ; alors la douleur & le chagrin fe mettent de la partie : elle finit par fe défefpérer. Cette foif de l'Ame attend prefque toujours pour s'appaifer, que son ardeur ait consumé le corps, & l'ait réduit dans un état de desséchement préjudiable à la santé.

Le desir immédiatement suivi de l'espérance, a des caracteres bien différens. Il ne devient ni violent ni effréné ; les obstacles qu'il faut surmonter pour parvenir à la possession, paroissent légers à la faveur de l'espérance ; elle modére le desir quand il s'anime ; elle le soutient quand il s'abat : d'où résulte dans l'Ame une troisiéme émotion gracieuse qui la flate.

Hommes ! ne vous plaignez pas de vos besoins ; ils sont la source de vos plaisirs. Si vous

euſſiez pû vous ſuffire à vous-
mêmes, ou ſubſiſter ſans le con-
cours des choſes qui ſont hors
de vous, la Nature, qui ne fait
rien en vain ne vous auroit pas
donné cette pente douce vers
les objets, cet attachement gracieux pour les choſes qui vous
ſont néceſſaires ou utiles. Véri.
té, ſageſſe, honneur, ſciences,
biens de toute eſpece, ſans le
beſoin que nous avons de vous,
nous ne ſentirions pas les douces impreſſions qui caractéri-
ſent notre amour pour vous;
nous ne ſerions pas émûs par les
ſecouſſes agréables du deſir de
vous poſſéder. Et vous, tréſor
de l'homme, tranquille eſpé-

G iij

rance, douce attente du bonheur infini ; vous faites notre bonheur actuel. C'eſt par
vous que l'objet de notre amour
& de notre deſir paroit s'em-
preſſer de ſe rendre à nos vœux.
Nos bras tendus par le deſir
pour le recevoir, ſont retenus
par vous dans cette ſituation
pour l'embraſſer. C'eſt par vous
que nous jouiſſons d'avance
d'un bien qui n'eſt pas encore
en nous ; & cette joie, quatrié-
me ſentiment qui nous émeut,
eſt d'autant plus modérée que
nous ne ſommes pas encore
troublés par la poſſeſſion de
l'objet. Amour, deſir, eſpéran-

ce, joie : voilà les fources inta-
riffables du vrai plaifir, du fentiment le plus agréable.

. Ces Paffions font naturellesà
l'homme : il defire toujours, il
efpere fans ceffe. Poffede-t-il un
bien ? Si le plaifir vif eft l'effet
de la jouiffance de ce bien, un
moment fuffit à fa joie, fes
vœux ne tardent pas à prendre
un autre bien pour objet ; fouvent même il n'en jouit pas, ou
il en jouit mal. Eft-il un tems où
l'homme connoiffe mieux le
prix de la fanté que quand la
maladie l'accable ? C'eft alors
qu'il la defire, qu'il l'efpere ;
c'eft alors que le fentiment
agréable attaché à ces deux af-

G iiij

fections de l'Ame, va quelquefois jufqu'à faire évanouir le fentiment douloureux que la préfence d'un mal excitoit. La vie touche-t-elle l'homme? Oui, mais en général il eft moins émû par le plaifir d'en jouir (*a*), que par le defir & l'efpérance de la conferver. L'idée de la vraie jouiffance lui eft abfolument inconnue , parce que le vrai bien ne fe trouve pas ici bas (*b*).

(*a*) Le plaifir d'être , dit Madame de Grafigny, ce plaifir oublié, ignoré même de tant d'aveugles humains ; cette penfée fi douce, ce bonheur fi pur , *je fuis, je vis, j'exifte*, pourroit feul rendre heureux , fi l'on s'en fouvenoit, fi l'on en jouiffoit, fi l'on en connoiffoit le prix. (Lettre d'une Peruvienne : Lettre 38.

(*b*) L'homme vertueux n'eft pas abfolument fatisfait de fa vertu ; il défire, il efpére de l'augmenter ; il fouhaite la rendre utile aux autres. L'homme de plaifir s'en promet beaucoup d'une partie qu'il a concertée ; n'eft-il

Il connoîtau contraire, & connoît bien le defir & l'efpérance :
ces deux Paffions réunies font
toujours les mêmes, s'il y a
de la variété , c'eft dans leur
objet ; mais ce que l'Ame efpere , elle le voit toujours du
beau côté ; & fi cette chofe ne
procure à l'homme qu'un leger
avantage , il ne le fçait que
quand il poſſéde ce qui lui a fait
illufion. Le mouvement de l'A-
me eft toujours égal , quand
elle eft affectée par le defir &
l'efpérance réunies. La modéra-

pas étonné tous les jours de ne pas trouver
celui dont il s'étoit flatté de jouir Difons lui
avec M. Caftillon dans fon Odé fur le plaifir.
Merc. de France. Octobre 1750.

,, Le defir le plus frivole
,, Vaut mieux que la vérité ;

tion du plaisir est le signe de leur union; & le plaisir modéré, c'est le sentiment agréable.

Puisque cette affection gracieuse de l'Ame est celle qui est établie pour marquer précisément ce qui convient à l'homme ; nous reconnoîtrons avec l'illustre Boerhaave que le desir & l'espérance entretiennent le bon ordre dans l'œconomie animale, & font des Passions très-utiles à la santé. ,, *Spes & desideria corpori saluberrima deprehensa sunt* (*a*).

,, Le plaisir léger s'en vole ,
,, Dès qu'il n'est plus souhaité.
,, Il nâquit de l'espérance ;
,, Il meurt dans la jouissance ;
,, Le dégoût seul lui survit ;
,, Et dans l'amoureux empire ,
,, Empressé quand il desire ,
,, Il s'endort quand il jouit.

(*a*) Institut. Médic. §. 1048.

Ne craignez pas, Amateurs des Sciences & des Belles-Lettres, que votre attachement à l'étude altere votre santé. Suivez bien pluôt l'inclination qui vous porte à la recherche des connoissances : livrez avec modération votre Ame aux douces impressions de l'amour de l'étude. C'est de ce goût utile que vous verrez sans cesse éclore les Passions convenables à l'œconomie animale. Le desir & l'espérance de connoître exciteront toujours en votre Ame le sentiment agréable. Ce plaisir pur sera le premier salaire de votre travail. L'ingénieux de la Motte a bien connu cette vérité , lorſqu'il vous a dit des Lettres ce que l'on peut appliquer aux Sciences (*a*).

» On n'aime pas ce que l'on » ne connoît pas ; il faut ſentir » la beauté des Lettres pour les » aimer, & dès qu'on la ſent, » l'étude en devient néceſſaire, » le penchant ſe change bien- » tôt en paſſion ; les premiers » progrès ſont un attrait pour » de nouvelles découvertes , & » comme l'objet eſt inépuiſable, » le deſir de le poſſéder ne ſçau- » roit s'éteindre. Il n'en eſt pas » ainſi des autres objets de notre

(*a*) Diſcours poſthume de M. de la Motte. Rien ne fait plus d'honneur aux Grands que de protéger les Belles Lettres. V. le Mercure de France, Juillet 1751.

» attachement; approfondis auf-
» fitôt qu'effleurés , ils n'ont
» pas en eux-mêmes de quoi re-
» nouveller nos défirs ; nous en
» fommes dégoûtés dès que nous
» en jouiffons , & il faut le dire
» pour nous juftifier , c'eft bien
» plus une preuve d'imperfec-
» tion de leur part , que d'in-
» conftance de la nôtre. Les
» Lettres au contraire offrent
» toujours de nouvelles beautés.
» C'eft un Champ riche & fé-
» cond , où les Tréfors font ca-
» chés fous les fleurs , où l'on
» ne fçauroit faire un pas , qu'on
» ne foit tenté de le parcourir
» tout entier : ceux qui y moif-
» fonnent les premiers , n'ôtent

» rien à ceux qui y viennent
» après eux ? Que dis-je 'ils ajou-
» tent encore à l'abondance, &
» d'âge en âge ce Champ de-
» vient toujours plus vaste &
» plus fertile. »

Le Champ des sciences, encore plus riche par ses fruits
que celui des Lettres par ses
fleurs, n'est ni moins vaste ni
moins fécond. L'Académie vous
l'ouvre particulierement aujourd'hui, en vous présentant
un Problême d ePhysique. Par-
courez ce Champ avec le desir
& l'espérance de découvrir la
vérité. Jusqu'à ce que vous
l'ayez trouvée, Ces Passions gra-
cieuses affecteront votre Ame;

UTILITÉ DES PASSIONS. 111

Ces Passions utiles à la santé vous disposeront par le sentiment agréable à recevoir avec un plaisir plus vif l'honorable Médaille que cette Académie vous prépare.

L'Auteur lût le même jour un Extrait du Mémoire sur les jours critiques, qui a remporté le prix de Médecine de 1751.

APPROBATION.

J'Ai lû par ordre de Monseigneur le Chancelier un Manuscrit intitulé : *Discours sur l'Utilité des Passions par rapport à la Santé*, &c. par M. *Hoin*, Pensionnaire dans la Classe de la Médecine, à l'Académie des Sciences & Belles-Lettres de *Dijon* ; & je n'y ai rien trouvé qui puisse en empêcher l'impression. Ce 19 Décembre 1751.
GUETTARD.

E R R A T A.

PAge 22, ligne 2 du titre, en un seul, *lisez*
    à un seul.

Pag. 23, ligne 2, des principes, *lisez* & des
    principes.

Pag. 25, ligne 14, je le vois, *lisez*, je les vois.

Pag. 44, la derniere ligne avant la note, ce
    fameux, *lisez* ce faux.

Pag. 52, ligne 12, qu'on a lancé, *lisez* qu'on
    va lancer.

Pag. 58. ligne premiere de la note, indifférent,
    lisez le mot indifférent.

Pag. 72, ligne 16, qui *lisez* qu'il.

Pag. 77, lig. 14, contrainte, *lisez* crainte.

Pag. 88, lig. 16, excrétious, *lisez* excrétions.

Pag. 92, suppléez au dérangement de la onzié-
    me ligne.

Pag. 94, derniere ligne de la note, page 10.
    lisez 12.

Pag. 95, à la note, page 12. *lisez* page 26.

www.ingramcontent.com/pod-product-compliance
Lightning Source LLC
Chambersburg PA
CBHW060816250626
47162CB00005B/1811